# El delfín

# El delfín

## HISTORIA DE UN SOÑADOR

Sergio Bambarén

GRUPO EDITORIAL norma

Bogotá, Barcelona, Buenos Aires, Caracas, Guatemala,
Lima, México, Panamá, Quito, San José, San Juan,
Santiago de Chile, Santo Domingo

Bambarén, Sergio
El delfín : historia de un soñador / Sergio Bambarén. — Bogotá : Grupo Editorial Norma, 2003.
106 p. ; 21 cm.
ISBN 958-04-7718-3
1. Optimismo 2. Confianza en si mismo 3. Autoestima 4. Exito 5. Superación personal I. Tít.
150.13 cd 21 ed.
AHS8975
CEP-Banco de la República-Biblioteca Luis-Angel Arango

Título original:
THE DOLPHIN - STORY OF A DREAMER

Apartado Aéreo 53550, Bogotá, Colombia
http://www.norma.com

Hecho el depósito legal: 1501032003-6695
Impreso por Quebecor World Perú S.A. — Impreso en Perú — Printed in Peru

Edición, Adriana Delgado E.
Corrección, Nancy de Ujfalussy
Diseño de cubierta e ilustraciones interiores,
Paola Goitia
Armada electrónica, Julio Vanoy

Este libro se compuso en caracteres Diotima

ISBN 958-04-7718-3

*Al soñador*
*que vive en todos nosotros*

Que tus sueños se vuelvan
realidad, soñador
Y que siempre te colmen
de felicidad y sabiduría

# I

Los primeros rayos del sol de la mañana se filtraron suavemente a través de las nubes, revelando la primitiva belleza de un remoto atolón que relucía como una joya engastada en medio de un mar profundo y azul.

Una tormenta tropical acababa de estallar en aquella zona, y un impresionante oleaje, generado a lo lejos, se precipitaba sobre el arrecife. El plácido océano se había convertido en un tumultuoso torrente de olas y espuma.

De pronto, justo en el momento en que una gigantesca ola iba a romper contra el arrecife, un joven delfín surgió de las profundidades del mar. Se deslizó sobre la ola, dibujando una leve estela sobre el muro de agua, esforzándose por mantener el equilibrio, entre la base y la cresta, casi sin poder respirar...

La cresta de agua lo envolvió poco a poco, hasta alojarlo en la cavidad de la ola: el lugar soñado por todos los surfistas.

Después de realizar varias maniobras, el delfín atravesó el muro de agua para salir airoso del rizo de la ola.

Aquélla sería la última ola sobre la que se deslizaría esa mañana, decidió, así que comenzó a nadar en dirección a la laguna del atolón; agotado, pero feliz.

Daniel Alejandro Delfín y las olas eran inseparables. Desde la salida hasta la puesta del sol, gracias a todas esas sesiones de surf

en que perdía la noción del tiempo, Daniel sabía que no había nada más importante en su vida que el tiempo que pasaba deslizándose sobre las olas.

En verdad, más que nada en el mundo, Daniel Delfín amaba el surf. Estaba en su sangre y en su alma. Lo hacía sentirse libre. Deslizarse sobre las olas le ayudaba a lograr una comunicación única con el mar, haciéndole entender que el océano no sólo era una gran masa de agua y sal, sino algo vivo, lleno de sabiduría y belleza.

Daniel Delfín era un soñador. Estaba convencido de que había más en la vida que pescar y dormir, así que había decidido dedicar todas sus energías a descubrir el verdadero propósito de su vida a través del surf y la sabiduría del océano. Ése era su sueño.

Desde el principio, esta manera de pensar le había traído problemas con el resto de la manada. Muchos de sus amigos no podían entender qué estaba tratando de lograr.

Cada mañana, mientras se preparaban para pescar, los otros delfines veían a Daniel dirigirse al arrecife, listo para una nueva sesión de surf. ¿Cómo era posible que pudiera perder tanto tiempo haciendo algo que no le ayudaba a encontrar comida? A sus amigos les parecía una locura.

Una tarde, cuando Daniel regresaba del arrecife, su mejor amigo, Miguel Benjamín Delfín, le preguntó:

—¿Qué diablos te propones, Daniel? ¿Por qué arriesgas tu vida al surfear en el arrecife? ¿Qué tratas de probar?

—No estoy tratando de probar nada. Sólo quiero saber qué puedo aprender del mar y del surf. Eso es todo.

—Por Dios, Daniel, muchos delfines que te aprecian piensan que tarde o temprano terminarás muerto. Deslizarse sobre las olas cuando éramos pequeños era entretenido, pero esto ya es demasiado. ¿Por qué no te dedicas a pescar como los demás en lugar de perder el tiempo surfeando en el arrecife?

Daniel Delfín miró fijamente a su viejo amigo, y tras quedarse callado por unos instantes, respondió:

—Echa un vistazo a tu alrededor, Miguel. Nuestro mundo está lleno de delfines que se pasan el día entero pescando, día tras día. Siempre están pescando. Ya no tienen tiempo para perseguir sus sueños. En lugar de pescar para vivir, viven para pescar —Daniel hizo una pausa y prosiguió con nostalgia—. Recuerdo a un Miguel Delfín joven y fuerte, capaz de pasarse horas contemplando las olas, imaginando que se deslizaba sobre una de esas descomunales paredes de agua, soñando. Ahora sólo veo a un delfín asustado que lo único que hace es pescar, un delfín temeroso de perseguir sus sueños.

¿Hay algo más importante en la vida que perseguir los propios sueños, sean cuales sean? Encuentra tiempo en tu vida para soñar, Miguel. No dejes que tus temores te impidan hacerlo.

Miguel se sentía confundido. Sabía que lo que le había dicho su amigo era cierto, pero la idea de basar la vida en sueños le parecía absurda. Ya no era un jovencito, y sus sueños habían sido sustituidos por deberes y obligaciones. Por eso se pasaba el día pescando. Además, ¿qué pensarían los demás delfines si lo vieran deslizándose sobre las olas?

Miguel recordaba sus tiempos de domador de olas como algo que formaba parte de su juventud, de su pasado. Había pensado que algún día lo intentaría de nuevo, pero estaba tan cansado después de pes-

car durante todo el día, que siempre encontraba alguna buena razón para no intentarlo.

Miguel miró a su amigo y, tratando de adoptar un tono convincente, dijo:

—Algún día, Daniel, madurarás, y verás las cosas como las ve el resto. No hay otra manera de vivir.

Después de decir estas palabras, Miguel se marchó.

Daniel se quedó muy triste. Aunque Miguel había cambiado mucho desde los tiempos en que ambos se deslizaban juntos sobre las olas, descubriendo nuevos lugares para surfear, seguía queriéndolo tanto como antes. Sabía que todavía conservaba en su corazón la alegría que habían compartido de jóvenes, pese a que, por alguna razón, había dejado de soñar.

Daniel sufría por su amigo, pero no podía hacer nada por ayudarlo.

Sabía que los demás delfines no lo entenderían si trataba de explicarles lo que sentía, si trataba de compartir con ellos la libertad que experimentaba cuando se deslizaba sobre las olas.

Pero Daniel Delfín también sabía que la magia que había descubierto al surfear las olas, solo en medio del inmenso mar, lo había hechizado para siempre.

Había decidido vivir su vida ateniéndose a sus propios principios, y aunque a veces se sentía solo, nunca se arrepintió de su decisión.

Durante las semanas siguientes, Daniel aprendió muchas cosas. Se pasaba todo el día deslizándose sobre las olas del arrecife, hasta el punto de que a veces se olvidaba de hacer una pausa para comer, y aunque estaba feliz por la vida que había elegido, deseaba poder compartir con sus compañeros la felicidad que sentía.

"¡Ojalá pudiera hallar el medio de mostrarles lo que siento cuando avanzo sobre las olas!", pensaba. "Quizás entonces comprenderían lo importante que es perseguir los sueños.

"Pero no tengo ningún derecho de inmiscuirme en sus vidas. ¿Quién soy yo para decirles lo que está bien y lo que está mal?

"De ahora en adelante me limitaré a perfeccionar mis técnicas. Todavía hay mucho que debo aprender del mar, así que me ocuparé de lo mío sin molestar a nadie".

Daniel se sintió satisfecho por la decisión que había tomado. Perseguiría sus sueños como siempre lo había hecho, para bien o para mal.

Estaba regresando a la laguna, cuando de pronto oyó una voz.

Apenas podía entender lo que le decía, pero alguien le susurraba unas palabras.

¿Quién podría ser?

El desconcierto le hizo perder el equilibrio y la corriente lo arrastró casi hasta la playa.

¿Quién lo llamaba? La voz le resultaba familiar, como si perteneciera a alguien que conocía. Daniel miró a su alrededor, pero no había nadie. Se asustó. ¿Acaso la soledad, el precio que debía pagar por vivir sus sueños, lo había afectado finalmente? ¿Acaso se había vuelto loco?

Entonces volvió a oír la voz, pero esta vez era clara:

*Llega un momento en la vida*

*en que no hay más que hacer,*

*sino seguir tu propio camino.*

*Es el tiempo de perseguir tus sueños.*

*El tiempo de izar las velas de tus*

*propios pensamientos.*

Daniel se sintió incómodo. Alguien se introducía en sus pensamientos y exploraba su alma, tratando de descubrir sus más íntimos secretos.

—¿Quién eres? —preguntó.

—Soy la voz del mar.

—¿La voz del mar?

—Sí, Daniel. Has conseguido algo que otros delfines ni siquiera imaginan. Todos tus esfuerzos por dominar la técnica de deslizarte sobre las olas, todo el tiempo que has dedicado a practicar el surf, siguiendo tu sueño, han dado su fruto.

Entonces Daniel oyó las palabras que cambiarían su destino para siempre:

—Has aprendido bien, Daniel, y una nueva etapa de tu vida empezará, aquélla que encierra las respuestas a tu sueño.

La voz sonaba clara y fuerte. El temor inicial de Daniel se disipó y más que oír las palabras, comprendió su significado.

—Desde hace mucho tiempo quería comunicarme contigo, Daniel, para apoyarte cuando te sentías desalentado. No tengas miedo nunca más. Mientras persigas tu sueño, estaré a tu lado para ayudarte. Confía en tu intuición, sigue los dictados de la vida que has elegido y tus sueños se volverán realidad.

La voz empezó a disiparse.

—¡No, espera, por favor! —exclamó Daniel—. Necesito saber muchas cosas. ¿Qué debo hacer? ¿Cómo hallaré el auténtico propósito de mi vida?

Con la voz más amable que Daniel jamás había oído, el mar le respondió:

—Sólo esto puedo decirte, Daniel Alejandro Delfín: hallarás el verdadero propósito de tu vida el día que consigas deslizarte sobre la ola perfecta.

—¿La ola perfecta? ¿A qué te refieres? ¿Cómo la encontraré?

El mar habló de nuevo, dirigiéndose al corazón de Daniel:

*Caer en la más profunda desesperación*

*nos ofrece la oportunidad de descubrir*

*nuestra verdadera esencia.*

*Del mismo modo que los sueños se cumplen*

*cuando menos lo esperamos,*

*hallarás las respuestas*

*a las preguntas que te haces.*

*Deja que tu instinto construya*

*un sendero de sabiduría*

*y que tus temores sean eliminados*

*por la esperanza.*

—Lo has hecho muy bien, Daniel —añadió el mar—. Ahora debo irme.

La voz se desvaneció.

Daniel Delfín tardó unos minutos en comprender la naturaleza del regalo que acababa de recibir. "El mar me ama tanto como yo a él", pensó, "y ha compartido conmigo todos los momentos maravillosos que he dedicado a deslizarme sobre las olas. Ahora me mostrará su sabiduría".

Este nuevo entendimiento cambiaría radicalmente el resto de su vida.

Daniel no sabía adónde lo llevaría esta revelación, pero supo que nunca volvería a sentirse solo. Al menos no mientras siguiera su sueño...

Aquella tarde, Daniel nadaba de vuelta a su manada. Todos los delfines estaban allí y, como siempre, empezaron a burlarse de él.

—Miren —dijo uno de ellos—, ahí viene el delfín soñador. ¿Cuántos peces capturaste hoy, Daniel?

Pero los pensamientos de Daniel estaban a una eternidad de allí. El mar le había ayudado a esclarecer sus dudas y ahora, más que nunca, estaba decidido a seguir su sueño: aquél que le mostraría el auténtico propósito de su vida.

Habían transcurrido varios meses desde que Daniel Delfín oyera la voz del mar y entendiera que los sueños habían sido hechos para volverse realidad.

Su relación con el mar se había vuelto más intensa y su técnica de deslizarse sobre las olas había mejorado mucho.

Daniel había descubierto que cada ola que surfeaba, grande o pequeña, contenía su propia esencia, su propia finalidad. Ya fuera que se enfrentara a una ola de medio metro en un día soleado o a una de tres metros cuando estallaba una tormenta, Daniel mantenía una actitud invariable hacia el aprendizaje. Siempre permanecía receptivo a las maniobras que realizaba, y en lugar de desanimarse cuando fracasaba, trataba de corregir sus errores cuando se deslizaba sobre la siguiente ola.

Un día en que el oleaje alcanzaba tres metros de altura y soplaba un terrible viento de la costa, Daniel aprendió una lección del mar después de perder una ola:

*La mayoría de nosotros*

*no estamos preparados*

*para superar nuestros fracasos*

*y por eso no somos capaces*

*de cumplir nuestro destino.*

*Es fácil defender algo*

*que no entraña ningún riesgo.*

Daniel puso en práctica lo que el mar le había enseñado; su técnica para deslizarse sobre las olas mejoraba y aprendía una nueva lección cada vez.

Daniel Delfín usó este nuevo entendimiento para afrontar las dificultades que le presentaba en la vida y comprobó que de esa manera las cosas se solucionaban más fácilmente.

En su fuero interno, Daniel sabía que todas las cosas que compartía con el mar constituían el medio para alcanzar algo más importante, espiritualmente más enriquecedor que todo cuanto había experimentado con anterioridad. Buscaba la ola perfecta, aquélla que algún día llegaría para mostrarle el auténtico propósito de su vida.

Durante los días siguientes, Daniel trató de comprender adónde lo conducía su sueño. En lugar de simplemente deslizarse sobre las olas, intentaba escuchar lo que le decía su corazón cada vez que lograba dominar una nueva técnica que imprimía más soltura a sus movimientos, prestando atención a todos los detalles.

Había comenzado a practicar en la parte exterior del arrecife, una región del atolón a la que ningún delfín se había aventurado jamás a salir, un lugar prohibido por la Ley de la manada.

Y justo cuando la desesperación de no descubrir su verdadero propósito estaba por hacerlo darse por vencido, se acordó de lo que el mar le había dicho:

*Llega un momento en la vida en que no hay más que hacer, sino seguir tu propio camino...*

Daniel recordó la ocasión en que el mar le había hecho esta revelación, pero ahora el entendimiento encendió su corazón y, finalmente, entendió lo que el mar había tratado de decirle.

Comprendió el objeto de sus esfuerzos, de todas las horas que había dedicado a mejorar su técnica y a incrementar su fuerza interior y la confianza en sí mismo.

Debía dar un gran salto y partir hacia lo desconocido, lejos de la seguridad del arrecife, hacia un lugar del mundo donde las leyes que regían a la manada carecieran de significado y valor.

Con el fin de hallar el verdadero propósito de su vida, Daniel Delfín tenía que desprenderse de todo aquello que le imponía límites.

—¡Ahora lo comprendo! —dijo en tono triunfal—. La ola perfecta no vendrá a mí; ¡soy yo quien debe ir en su búsqueda!

Esta nueva revelación le hizo recordar la ocasión en que, siendo muy joven, había escuchado al delfín más anciano del grupo hablar sobre dejar el arrecife. Con voz solemne y ceremoniosa, éste había dicho:

—Nunca se deberá abandonar el arrecife interior de nuestro mundo. Ha existido desde el principio de los tiempos y nos ha protegido de los peligros que nos acechan más allá del mismo. Es preciso respetar esta decisión divina, aceptando la Ley.

"Es curioso", pensó Daniel. Había

aprendido a respetar al viejo delfín y sus creencias y, al mismo tiempo, a vivir conforme a sus propios principios y las lecciones que el mar le había enseñado. ¿Acaso el viejo delfín respetaría a Daniel por tomar una decisión que rompería con todo el sistema que regía la existencia de la manada?

Daniel creía que no.

De modo que aquella noche decidió no revelar a nadie lo que pensaba hacer ni adónde se dirigiría. Abandonaría la manada en silencio, furtivamente, como solía hacerlo cuando iba a deslizarse sobre las olas. Pero esta vez no regresaría. Sus compañeros creerían que se había ahogado, que había pagado con su vida no escuchar sus consejos.

Todos comentarían entristecidos las consecuencias de no obedecer la Ley, de romper las reglas.

Daniel Delfín jamás olvidaría el día en que abandonó su amado arrecife. Había preparado minuciosamente su partida y estaba seguro de no haber olvidado ningún detalle. Su único pesar era la idea de que entre aquellos extraños que conformaban la comunidad de delfines hubiera algún integrante que se entristeciera al enterarse de la noticia de su supuesta muerte, que creyera que acaso el loco de Daniel tenía razón. Eso le hizo pensar que quizás debería retrasar su partida, por si alguno de sus compañeros pensara como él, alguien que también estuviera luchando por tratar de hallar un propósito más elevado para su existencia, ¿tal vez?

*Quizás parte de amar consista en saber*

*cuándo renunciar al otro,*

*en saber decir adiós,*

*no dejando que nuestros sentimientos*

*interfieran en lo que probablemente,*

*al final,*

*sea mejor para aquéllos*

*a quienes amamos.*

Así pues, aquella noche Daniel se dirigió hacia la parte exterior del arrecife, sin ningún otro testigo más que la luna llena que brillaba en el firmamento, y el cumplimiento de su sueño como su único destino. Se sintió un poco asustado, aunque había cierta belleza en poder controlar su miedo.

"En una noche tan maravillosa como ésta, nada malo puede suceder", pensó.

Daniel se sentía bien consigo mismo porque, pasara lo que pasara, él era el único hacedor de su propio destino.

Aquella noche, Daniel tuvo que luchar no sólo contra las olas y la corriente, sino también contra sus dudas. "El trabajo duro empieza ahora", pensó. Y comprobó que todas esas sesiones solitarias en las que se deslizaba sobre las olas, así como la preparación física y mental, le habían dado fuerzas, no sólo para afrontar la más gigantesca de todas las olas, sino también su propio destino.

# II

A la mañana siguiente, Daniel Alejandro Delfín se encontró en medio de un inmenso océano, sin saber hacia dónde dirigirse, pero dispuesto a ser guiado.

Se sentía abrumado por la inmensidad del océano que se extendía más allá de su pequeña isla. No había ningún arrecife ni tierra a la vista. Estaba un poco asustado. Ahora que había conseguido llegar hasta ahí haciendo acopio de todo su valor y sus energías... Daniel no sabía con certeza qué debía hacer.

No obstante, se sentía en paz consigo mismo y estaba satisfecho por la decisión que había tomado. El temor que había experimentado mientras se alejaba del atolón se había disipado y en estos momentos, en su inmensa soledad, Daniel sabía que su vida había tomado el camino correcto, que se dirigía hacia un lugar que siempre había sabido que existía, pero que nunca había visto.

Daniel se hallaba ensimismado en sus pensamientos, cuando de pronto sintió una impresionante sacudida y vio emerger en la superficie una figura descomunal, diez veces mayor que él. Enseguida comprendió que al menor contacto físico aquella criatura lo aplastaría.

Aunque Daniel jamás había contemplado nada parecido, no se sintió amenazado ni asustado; en realidad, tenía la sensación de que protagonizaba un encuentro inesperado pero grato con un viejo amigo.

—¿Quién eres? —preguntó Daniel.

—Soy una ballena jorobada —contestó afablemente la inmensa criatura, sin dejar de nadar.

Daniel tuvo que apresurarse para alcanzarla.

—¡Qué haces? —preguntó.

—Emigro hacia aguas más cálidas antes de que llegue el invierno —respondió la ballena, volviéndose hacia Daniel—. ¿Y tú qué haces en medio del océano?

—Persigo un sueño —contestó Daniel—. He abandonado mi atolón y a mi manada para ir en busca de la ola perfecta, la que me mostrará el auténtico propósito de mi vida.

—Te respeto por tu decisión —dijo la ballena—. Debe de ser difícil abandonar tu mundo para perseguir un sueño —la ballena observó a Daniel y añadió—: Te has embarcado en un viaje arduo y peligroso. Presta atención a todo lo que hagas y veas, y aprenderás muchas cosas. No sólo se trata de alcanzar tu meta; la odisea que has emprendido te mostrará el significado de la ola perfecta y cómo hallarla.

—Admiro tu sabiduría —contestó Daniel—, y te agradezco tus consejos.

Daniel se disponía a preguntar a la ballena qué dirección tomar cuando apareció una silueta negra en el horizonte. Parecía reposar en la superficie del mar, arrojando humo y cenizas al aire.

—¿Qué es eso? —preguntó Daniel.

La ballena empezó a temblar. Súbitamente cambió de expresión y, sin decir más, dio media vuelta y se alejó nadando a toda prisa. "¿Cómo es posible que un gigante tan afable se asuste?", pensó Daniel. No podía evitar sentirse bastante triste y un poco alarmado.

Al cabo de unos momentos, Daniel consiguió alcanzar a la ballena y le preguntó si podía ayudarla, pero el gigante siguió nadando. Sin embargo, antes de alejarse definitivamente, le advirtió a Daniel:

—Desconfía de un ser llamado hombre.

—¿A qué te refieres? —preguntó Daniel perplejo—. No conozco a nadie con ese nombre. En mi isla, aparte de unas gaviotas y unos cangrejos muy simpáticos, todos somos delfines.

—Desconfía de un ser llamado hombre —repitió la ballena antes de desaparecer.

"¿Será el hombre un delfín malo?", se preguntó Daniel.

En aquel momento sintió que el mar le iba a hablar. Se quedó muy callado, escuchando:

*Descubrir nuevos mundos te aportará*
*no sólo felicidad y sabiduría,*
*sino también tristeza y temor.*
*¿Cómo podrás valorar la felicidad*
*sin haber experimentado nunca la tristeza?*
*¿Cómo podrás conquistar la sabiduría*
*sin antes haber tenido que enfrentar*
*tus propios temores?*
*Al final,*
*el gran reto de la vida consiste*
*en superar nuestros propios límites,*
*empujándolos hasta lugares a los que jamás*
*habríamos soñado llegar.*

Este primer encuentro con algo que no pertenecía a su isla le hizo comprender a Daniel que el mundo no era tan pequeño como le habían enseñado. Se dio cuenta de que su ignorancia se debía a haber creído todo lo que le habían enseñado, sin cuestionar la procedencia de esa información.

¡Este viaje ayudaría a Daniel Delfín a expandir los horizontes de su universo, a descubrir cosas que la manada ni se imaginaba que existían!

Daniel continuó viajando a través de su amado mar por treinta días y treinta noches. Viajó desde el amanecer hasta el crepúsculo, confiando en su instinto, buscando las señales que el mar le había prometido que lo guiarían hacia su destino.

Al cabo del tiempo observó de nuevo

el humo negro en el horizonte. Aunque recordó el pánico de la ballena, decidió ir a investigar.

Al aproximarse a la gigantesca silueta notó que el agua que la rodeaba estaba turbia y sucia. Daniel sintió un ligero escozor producido por una capa de grasa que flotaba en la superficie, junto a unos peces muertos. La escena lo horrorizó hasta el punto de provocarle náuseas.

Al principio Daniel no dio crédito a lo que veía: el siniestro monstruo estaba arrastrando, por medio de una red, un enorme número de peces. Algunos eran de los que capturaban sus compañeros para alimentarse, ¡pero otros no eran comestibles!

Daniel observó, también, aterrado, que arrojaban unos delfines muertos al mar.

No podía creerlo. ¿Quién era el insensato ser que cometía semejante crimen?

Entonces Daniel recordó las palabras

de la ballena: "Desconfía de un ser llamado hombre".

¿Era posible que aquello formara parte de la maldad que el viejo delfín le había contado que existía más allá del arrecife?

"A partir de ahora", pensó Daniel, "andaré con mucho cuidado".

A la mañana siguiente, Daniel se detuvo para descansar un rato. Había estado nadando toda la noche, con el fin de alejarse todo lo posible de la gigantesca silueta negra que aniquilaba a todas las criaturas marinas que encontraba a su paso.

Cuando se disponía a reanudar su viaje, notó la presencia de un extraño pez que sacaba la cabeza del agua para mirar el sol.

—¿Quién eres? —preguntó Daniel.

—Me llaman el Pez Sol.

"Qué nombre tan raro", pensó Daniel.

—¿Y qué haces, Pez Sol? —preguntó.

—Por las noches duermo y durante el día sigo al sol. Todos los días trato en vano de tocarlo, pero sé que algún día lo conseguiré.

—¿Ése es tu sueño? —preguntó Daniel.

—Sí —respondió el Pez Sol—. Siempre he soñado que el sol debe ser muy caliente para mantener vivo este mundo.

—Creo que nunca serás capaz de tocar el sol —dijo Daniel—. Naciste para vivir en el mar, y si tratas de salir de él, morirás.

—El sol aparece por el horizonte todas las mañanas, independientemente de lo que yo haga —replicó el pez—. Siento su calor, y éste me recuerda mi sueño. ¿Qué harías tú en mi lugar? ¿Renunciarías a tu sueño por temor a morir, o seguirías tratando de tocar el sol?

No había manera de que Daniel pudiese mentirle a este magnífico pez.

—Trataría de tocar el sol.

—Entonces —dijo el Pez Sol—, moriré tratando de realizar mi sueño. Por lo menos eso es mejor que no haberlo intentado —miró a Daniel y le preguntó—: ¿Tú no tienes algún sueño?

—Sí —respondió Daniel, y una luz singular brilló en sus ojos—. Mi sueño es hallar la ola perfecta, la que me mostrará el verdadero propósito de mi vida.

—Es un sueño muy ambicioso —dijo el Pez Sol—, pero creo que puedo ayudarte. Durante mis travesías por el mar he observado que las marejadas provienen siempre del oeste, empujadas por los fuertes vientos que soplan de los confines del océano. Allí encontrarás la ola que buscas. Espera a que el sol esté a punto de ocultarse y síguelo en su recorrido hacia el mar.

Daniel dio las gracias al Pez Sol. Estaba muy contento de haber aprendido tantas cosas nuevas aquel día.

"Todos tenemos sueños", pensó. "La única diferencia es que algunos se esfuerzan constantemente para alcanzar su destino, sin importarles los riesgos, mientras que otros renuncian a sus sueños para no perder lo que tienen. Nunca podrán descubrir cuál es el verdadero propósito de su vida".

Tal como le había aconsejado el Pez Sol, Daniel empezó a nadar rumbo al oeste, hacia el punto donde el sol alcanza el mar al anochecer, porque dentro de sí sabía que el Pez Sol era una de las señales que el mar le había indicado que siguiera.

Daniel Delfín no tenía problemas para viajar de noche. Contaba con el equipo de ecolocación que todos los delfines tienen. Emitía unos sonidos agudos que rebotaban sobre los objetos que tenía frente a sí, y descifrando el eco producido por las ondas sonoras podía "ver" en la noche. Daniel era capaz de ver objetos en la oscuridad y en el fondo del océano.

De repente, mientras se dirigía hacia el oeste, detectó ante él la presencia de otro ser.

—¿Quién eres? —preguntó, acercándose sigilosamente.

—Soy un tiburón. No deberías hablar conmigo. Los tiburones devoramos a los delfines. ¿Acaso no me tienes miedo?

—No temo lo que desconozco —contestó Daniel.

El tiburón se quedó perplejo. Nunca ningún delfín le había contestado de esa manera.

—Bueno, deberías tener cuidado en el mar abierto —dijo el tiburón—. ¿Dónde están tus compañeros?

–Supongo que pescando en la laguna de nuestro atolón —respondió Daniel.

—¿Y qué haces aquí solo, lejos de tu manada?

—Persigo mi sueño. Busco la ola perfecta.

—¿Y dónde la hallarás? —inquirió el tiburón.

—No estoy seguro. Sólo sé que he tomado el rumbo correcto —contestó Daniel, observando al tiburón—. ¿Eres un soñador también? —le preguntó.

—Lo era de joven —respondió el tiburón con tristeza—. Pero la vida ha sido injusta conmigo, todos me temen. Cada vez que aparezco, todas las otras criaturas se alejan precipitadamente.

—Eso me recuerda a mi manada —dijo Daniel—. Cada vez que estalla una tormenta en el atolón, corren a refugiarse en la laguna. Es el temor a lo desconocido

lo que los hace comportarse de ese modo. No comprenden que las lecciones más hermosas de la vida se aprenden en las situaciones más comprometedoras y difíciles.

—Es evidente que tú no me temes —dijo el tiburón.

—No te temo porque si hubieras deseado matarme ya lo habrías hecho. Pero, ante todo, no te temo porque sigo mi sueño, porque sé que alcanzaré mi destino.

—Ojalá que fuera capaz de soñar como tú —dijo el tiburón.

—Sólo es cuestión de empezar de nuevo. Recuerda tu juventud, recuerda aquella ilusión que te obsesionaba hasta el punto de soñar con ella todas las noches.

—Y si logro recordar ese sueño, ¿qué pasará? —preguntó el tiburón.

—Cuando deseas algo con todo tu corazón —respondió Daniel—, nada puede impedir que lo consigas, salvo tus temores.

—¿De veras crees que yo puedo volver a soñar?

—Sí, como cualquier otra criatura que vive en este mundo —contestó Daniel.

—Gracias —dijo el tiburón—. Trataré de volver a soñar.

Antes de marcharse, se volvió hacia Daniel y le preguntó:

—¿Has dicho que buscabas la ola perfecta?

—Sí.

—Creo que no tardarás en encontrarla. Vengo del oeste y he visto que se formaba una gran marejada. Puede que en ella halles la ola que andas buscando.

"Sigue las señales", había dicho el mar.

—¿Cómo puedo llegar allí? —preguntó Daniel al tiburón.

—Sigue avanzando hacia el oeste y

confía en tu instinto —contestó éste—. Y escucha a tu corazón, pues en él se encuentran las respuestas para que tu sueño se haga realidad.

Daniel empezaba a echar de menos aquellas olas sobre las que solía deslizarse. Se sentía triste y solo en ese universo colmado de extraños, sin saber si volvería a ver su maravilloso atolón. Suponía que el mundo era un lugar lleno de hermosas sorpresas, y aunque había descubierto muchas, otras habían sido muy desagradables.

En aquel momento sintió deseos de regresar a la laguna.

Pero, tal como le había prometido, el mar estaba allí para ayudarle:

*Quizás resulte muy difícil lograr*

*que los sueños se hagan realidad.*

*Tal vez si tratamos de ahorrar esfuerzos,*

*olvidaremos la razón por la que comenzamos a soñar,*

*y al final descubriremos que el sueño*

*ya no nos pertenece.*

*Limitémonos a seguir*

*los dictados del corazón*

*y el tiempo se hará cargo*

*de que alcancemos nuestro destino.*

*Recuerda:*

*cuando estés a punto de rendirte,*

*cuando pienses que la vida ha sido*

*injusta contigo,*

*recuerda quién eres.*

*Recuerda tu sueño.*

Daniel se sintió tranquilo al saber que mientras se esforzara por hacer su sueño realidad, nunca se sentiría solo. De modo que siguió nadando, en busca de un lugar donde descansar.

Lo vio viniendo del oeste. El viejo delfín nadaba en paz, en medio de un vasto mar azul.

Al advertir la presencia de Daniel, el viejo delfín preguntó:

—¿Cómo te llamas?

—Daniel Alejandro Delfín.

—¿Y qué haces aquí, solo en medio del océano, Daniel Delfín?

—Persigo mi sueño.

La expresión del viejo delfín cambió abruptamente.

—¿Eres acaso tú el que busca la ola perfecta? —Sus palabras eran firmes y serenas.

Daniel se quedó estupefacto.

—¿Cómo lo sabes?

—Del mismo modo que ambos sabemos que la vida no sólo consiste en pescar y dormir —respondió el viejo delfín. Acto seguido rompió a llorar.

—¿Por qué lloras? —preguntó Daniel.

—Porque jamás me había sentido tan feliz. Al cabo de tantos años, he conseguido ver mi sueño cumplido.

—¿A qué te refieres? —preguntó Daniel

—Hubo un tiempo en que era joven y fuerte como tú —contestó el viejo delfín—. Era un soñador, al igual que tú, y me obsesionaban preguntas referentes a la vida que no me dejaban descansar.

—¿Y qué ocurrió?

—Un día dejé de soñar. Seguí la Ley de la manada en lugar de escuchar a mi corazón. Y a partir de aquel momento empecé a sentirme viejo.

A medida que envejecemos nos hacemos más sabios —continuó el anciano delfín—. Un día comprendí que debía seguir mi sueño, aunque no estaba seguro de poder realizarlo. Había perdido mucho tiempo y estaba cansado; pero, al mismo tiempo, era consciente de que no podía permanecer junto a mis compañeros, de modo que decidí partir.

Hace muchos años que inicié mi viaje —prosiguió el viejo delfín—, y aprendí que cuanto más pronto empiezas a guiarte por tu instinto y por los dictados de tu corazón, más fácil resulta alcanzar tus sueños.

Mientras recorría los océanos —prosiguió el viejo delfín—, confundido y desalentado, empecé a pensar en que seguir mi sueño a mi edad había sido un error, que habría sido mejor permanecer junto a mi manada, aguardando mi muerte. Pero cuando estaba a punto de regresar, oí una voz —miró a Daniel—. Sospecho que tú también la has oído.

—Sí —contestó éste, feliz de compartir su secreto con alguien que no se burlara de él—. La voz del mar...

—¡Sí! —asintió el anciano delfín, embargado por la emoción—. Me dijo que era preferible perseguir mis sueños, por viejo que fuera, que renunciar a ellos —tras una breve pausa, añadió—: Ahora ya puedo morir en paz.

Daniel advirtió que un resplandor mágico rodeaba a su viejo interlocutor mientras pronunciaba estas últimas palabras.

—No me has contado tu sueño —dijo.

El anciano delfín miró a Daniel.

—Mi sueño era conocer a un joven delfín que me hiciera recordar la época cuando yo era un soñador —respondió—, para advertirle que nunca desperdiciara la oportunidad de su vida y para ayudarle a hacer realidad su sueño.

—¿Qué quieres decir? —preguntó Daniel— ¿Cómo vas a ayudarme?

—Vengo del oeste, Daniel Delfín —contestó el viejo delfín—, y he visto formarse una ola perfecta. Te deslizarás sobre ella y ella te mostrará el auténtico propósito de tu vida. Jamás había presenciado nada como lo que tú estás a punto de conocer.

El anciano delfín se volvió y Daniel vió que sus ojos relucían como las estrellas del firmamento.

—No será una ola gigantesca —añadió el viejo delfín—, pero sí será muy especial para ti...

# III

Al atardecer del cuadragésimo día desde que había abandonado el atolón, Daniel Alejandro Delfín escuchó un sonido familiar.

¿Sería lo que él imaginaba?

Emocionado, nadó hacia el lugar de donde venía aquel mágico sonido.

No podía creer lo que veía. A doscientos metros de distancia vio un arrecife contra el que rompían unas olas perfectas y bellas.

Daniel no podía adivinar el tamaño de las olas, pero su experiencia le decía que era una marejada respetable. Sin dudarlo, empezó a nadar hacia el arrecife y tomó una ola. Antes de que cayera la noche había conseguido deslizarse sobre dos de ellas. ¡Esto lo hizo sentirse vivo nuevamente!

Estaba tan excitado que no se había fijado en cómo era el lugar al que había llegado. El arrecife estaba formado por unas rocas descomunales, la isla más grande que jamás había visto.

Daniel observó también que, a medida que el cielo se iba oscureciendo, centenares de luces comenzaban a iluminar la costa de la isla. Algunas estaban inmóviles, pero otras se movían siguiendo una línea, desaparecían y reaparecían al cabo de unos instantes. Eso lo sorprendió. Estaba acostumbrado a la oscuridad de la noche y amaba la luna y las estrellas que brillaban en el firmamento. Le disgustaba un poco que el intenso fulgor de aquellas lucecitas hiciera palidecer el resplandor de las constelaciones.

Había sido una jornada muy larga y Daniel estaba cansado, así que decidió no investigar hasta el día siguiente qué eran aquellas misteriosas luces; ahora lo importante era dormir para poder deslizarse sobre las olas a primera hora de la mañana.

Daniel sonrió. "La idea de deslizarme mañana sobre las olas me produce la misma alegría que cuando me deslicé por primera vez, hace mucho tiempo", pensó. "Lo he hecho diez mil veces y lo haré otras diez mil. Sin embargo, sé que jamás me cansaré de ello, ¿por qué?"

*Existen cosas que no pueden*

*ser vistas con los ojos.*

*Tienes que verlas con el corazón,*

*y eso a veces es difícil.*

*Por ejemplo,*

*si redescubres el espíritu del niño*

*que existe y siempre existirá en ti,*

*con tus recuerdos y sus sueños,*

*podrán caminar juntos,*

*tratando de hallar un camino*

*a través de esta aventura llamada vida,*

*procurando siempre sacar el máximo*

*provecho de ella.*

*Así, tu corazón jamás se sentirá cansado,*

*ni viejo…*

"Si todos sintiéramos de la misma manera las cosas que hacemos, nuestra vida tendría más sentido", pensó Daniel.

Aquella noche, Daniel durmió como lo hacen los soñadores, contemplando el futuro con alegría y esperanza.

Sabía que el día siguiente sería un gran día de surf, pero no supo más.

Al cabo de unos instantes se quedó dormido.

Se despertó con las primeras luces del alba.

A primera vista, el lugar que había descubierto parecía muy distinto del que había contemplado la noche anterior. Aunque las luces se habían apagado, al pie de las rocas se alzaban unas inmensas construcciones. Daniel creyó detectar cierto movimiento, lo que le hizo pensar que las había erigido un ser vivo.

Daniel decidió averiguar de qué se trataba, pero no tardó en cambiar de opinión. Había llegado hasta allí con un solo propósito: descubrir quién era y hacia dónde se dirigía, hallar el verdadero propósito de su vida a través de la ola perfecta. Ése era su sueño. Así pues, tal como había planeado la noche anterior, se dirigió al arrecife para disfrutar de la marejada en aquel mágico lugar.

Aunque probablemente el oleaje había alcanzado su punto máximo la noche anterior, todavía había muchas olas sobre las cuales deslizarse. Soplaba una leve brisa de la costa, el agua estaba templada y el aire era cálido. Con aquellas olas de dos metros de altura, las condiciones eran perfectas.

Al tomar la primera ola, Daniel comprendió que alcanzaba gran velocidad antes de romper contra la costa, por lo que debía procurar no chocar contra las afiladas rocas y lastimarse. Daniel decidió tomar la siguiente ola cuando empezaba a formarse. La primera sección de la ola era muy rápida, por lo que Daniel tuvo que hacer grandes esfuerzos para posicionarse. Luego, la ola se convirtió en un muro sólido pero de lento avance que le permitía entrar de nuevo. La última sección de la ola lo envolvió, haciéndole sentir que formaba parte del mar…

Fue una experiencia mágica que, como de costumbre, le hizo perder la noción del tiempo. Decidió volver al punto de quiebre de las olas y seguir deslizándose sobre ellas hasta acabar rendido.

Hacía mucho tiempo que Daniel Delfín no se había sentido tan feliz. Al fin había hallado una recompensa a sus esfuerzos, y ahora estaba más seguro que nunca de haber tomado la decisión acertada al haber dejado el arrecife con el fin de ampliar sus horizontes:

*Las decisiones que tomamos*

*son lo que nos define.*

*Es la manera de dar significado*

*a las palabras, a los sueños.*

*Es la manera de permitir que seamos*

*lo que queremos ser.*

Las horas transcurrían volando. Aunque Daniel no tenía conciencia del tiempo que llevaba en las olas, empezaba a sentirse cansado, de modo que decidió tomar una última ola antes de descansar.

Daniel tomó la última ola, pero rápidamente perdió la concentración y cayó en la cresta de la ola. En aquel momento comprendió lo que se le venía encima.

La cresta de la ola lo atrapó y lo arrojó contra el arrecife. Daniel sintió cómo su cola y sus aletas chocaban contra las rocas. Finalmente, la ola lo soltó, y por suerte no sufrió heridas serias.

Pero ¿qué le había hecho perder la concentración?

¿Había visto realmente lo que había creído ver?

No, eso era imposible.

Así que volvió a mirar.

Daniel no daba crédito a sus ojos. A cincuenta metros de donde se hallaba, en el mismo arrecife, Daniel Alejandro Delfín vio a una extraña criatura deslizándose sobre las olas de la misma manera que él lo había hecho toda su vida.

El extraño surfista atrapó una ola y realizó las mismas maniobras que Daniel había descubierto. Aquel ser era diferente, pero la magia al deslizarse sobre la olas era la misma...

Daniel se percató entonces de que no sólo había uno de ellos, sino dos, que compartían juntos aquellos momentos de dicha y compenetración con el océano. Y por la manera en que se deslizaban sobre las olas, se diría que llevaban mucho tiempo practicándolo.

En verdad, estos extraños surfistas sabían como deslizarse sobre las olas. Tras tomar una ola, desarrollaban una serie de maniobras que Daniel admiraba. Sin duda sabían lo que hacían.

Daniel Delfín decidió poner a prueba a aquellos surfistas. Cuando llegó el nuevo grupo de olas, Daniel tomó la primera, se dejó caer sobre ella y efectuó un giro radical antes de saltar. Inmediatamente el otro surfista tomó la siguiente ola y se deslizó sobre ella. Daniel realizó sus más expertas maniobras antes de abandonar la ola. El otro surfista hizo lo mismo.

Daniel no tuvo más remedio que acercarse a las extrañas criaturas:

—¿Quiénes son y de dónde vienen?

Pero en lugar de responder a su pregunta, los surfistas comentaron asombrados.

—¿Viste a ese delfín?

—Desde luego. Juraría que estaba tratando de imitar nuestras maniobras.

—Es imposible que un delfín pueda hacer eso —comentó uno de ellos.

Daniel se molestó. "¿Quiénes creen que son? Soy capaz de hacer eso y más".

Entonces Daniel Delfín comprendió que aquellas extrañas criaturas no entendían el lenguaje de los delfines. Mientras Daniel podía entender lo que ellos decían, los otros surfistas no podían descifrar las ecoseñales que Daniel emitía.

Las extrañas criaturas comenzaron a hablar de nuevo, mientras Daniel escuchaba.

—Ese delfín debe de pasarse el día practicando surf.

—Hombre, si nosotros pudiéramos respirar como él, también nos pasaríamos el día completo practicando el surf.

Daniel recordó las palabras de la ballena: "Desconfía de un ser llamado hombre".

Daniel entró en pánico. Aquellas criaturas debían de ser los extraños seres de los que había oído hablar, responsables de todos los desastres que había contemplado durante su travesía. Daniel relacionó las luces que había visto iluminar los acantilados de noche con las luces de la negra silueta que se dedicaba a matar a los delfines y a destruir el mar.

"¿Habré llegado al fin de mi viaje?" se preguntó Daniel. "¿Acaso voy a morir?"

Y entonces, el mar le habló:

*En el lugar adónde te diriges*

*no encontrarás caminos, ni senderos,*

*sólo tu propio instinto.*

*Has seguido las señales*

*y al fin has llegado a tu destino.*

*Ahora debes dar un gran salto hacia lo desconocido*

*y descubrir por ti mismo*

*quién está equivocado.*

*Quién tiene la razón.*

*Quién eres tú.*

El corazón de Daniel le decía que, aunque había visto muchos desastres provocados por aquel ser llamado hombre, aún podía confiar en estos dos, no por lo que representaban, sino porque intuía que para ellos deslizarse sobre las olas significaba también el medio de abandonar su mundo para perseguir sus sueños.

Daniel Delfín había llegado hasta aquí porque había creído en sí mismo. Ahora sentía que debía confiar una vez más en su instinto. Así que se quedó un rato más, pues presentía que algo especial estaba por ocurrir.

Y, entonces, la vio venir del oeste...

La más perfecta ola que Daniel jamás había visto apareció en el horizonte. La ola comenzó a romper contra el arrecife, y a medida que tocaba el fondo de coral, se alzaba proyectando una larga y azul pared de agua.

Todos se precipitaron hacia la ola. Un deslice vertical fue seguido por un quiebre radical de fondo. Daniel salió del fondo de la ola y se perfiló en el punto de quiebre. Los otros dos surfistas lo acompañaron con cortes radicales en la pared de la ola. Llevaron sus técnicas hasta el límite, efectuando maniobras que jamás habían soñado que pudieran realizar. Entonces, mientras la ola perfecta comenzaba a perfilarse más y más rápida, la última sección rompió, dejando espacio para que los tres surfistas pudieran lograr su sueño.

Se esforzaron en mantener el equilibrio, entre la base y la cresta, casi sin poder respirar...

La cresta de agua los envolvió poco a poco, hasta alojarlos en la cavidad de la ola: el lugar soñado por todos los surfistas.

Por un breve pero mágico momento prevaleció el lenguaje universal de los sueños. Y tanto Daniel como los dos humanos comprendieron el sentido de lo que habían estado buscando, sin importar el camino

que los había unido en tan mágica experiencia.

Y el mar les habló:

*Algunas cosas siempre serán más fuertes*
*que el tiempo y la distancia.*
*Más profundas que los lenguajes y las costumbres.*
*Como el hecho de seguir tus sueños,*
*Y aprender a ser tú mismo.*
*Comparte con otros*
*la magia que has descubierto…*

Daniel Alejandro Delfín había creído en sí mismo y había seguido las señales que se le fueron apareciendo a lo largo de su viaje. Se había deslizado sobre la ola perfecta y, al hacerlo, había descubierto el verdadero propósito de su vida: vivir una existencia plena de felicidad y propósito, siguiendo sus sueños. Había cruzado aquella línea donde los sueños se vuelven realidad; una línea que sólo aquéllos que escuchan la voz del corazón pueden distinguir. Y, bajo esta nueva luz, Daniel Delfín vio su vida como debía ser; y, más que gustarle, amó lo que vio...

Daniel pasó los siguientes días en el arrecife con los otros dos surfistas. Se deslizaron sobre las olas desde el amanecer hasta el atardecer, sólo por el puro placer de hacerlo, aprendiendo cada uno del otro, compartiendo su felicidad y su sabiduría.

Hasta que llegó el día en que Daniel Delfín sintió que era tiempo de regresar a su amada isla, a aquel lugar del mundo al que pertenecía. Había descubierto lo que había venido a descubrir, y su búsqueda había terminado. Era hora de compartir con su manada lo que había descubierto.

"¿Pero que pensará la manada cuando me vea llegar, después de haber creído que había muerto?", pensó Daniel. Probablemente todos pensarían que sería algún tipo de fantasma, alguien que había regresado del mundo de los muertos.

Para Daniel Alejandro Delfín, el soñador, esto sería tan sólo una simple anécdota. Sabía que era un delfín como cualquier otro, pero con una gran diferencia: había decidido perseguir su sueño creyendo en sí mismo, escuchando la voz de su corazón.

Esa tarde, antes que Daniel partiera, compartió la más bella sesión de surf que cualquier surfista pudiera soñar. Se deslizó en las olas con estos seres totalmente distintos a él, compartiendo la misma alegría, compartiendo las mismas convicciones del corazón, sabiendo que a pesar de todas las probabilidades en su contra, habían estado en lo cierto al creer en su sueño.

Daniel intercambió una última mirada con sus amigos surfistas y en sus ojos vio reflejada la imagen de su propia alma; y amó lo que vio.

Había descubierto el verdadero propósito de su vida siguiendo sus propias leyes, aquéllas que el resto de la manada le había dicho mil veces que no funcionarían.

Había descubierto finalmente que todos sus logros, sus aspiraciones y sus sueños ahora formaban parte de su propia esencia, y se sintió muy bien...

Daniel Delfín no olvidaría jamás el día en que entró en la laguna de su hermosa isla.

Era la mañana de un día cálido y soleado, y al regresar a su amado hogar después de una larga ausencia no pudo evitar derramar unas cuantas lágrimas.

Los primeros delfines que lo vieron casi se desmayan.

De repente, la rutina cotidiana de la manada se comenzó a resquebrajar.

¿No es Daniel, aquél que se perdió fuera del arrecife? Acaso ¿no había muerto?

Antes de que pudieran reaccionar, Daniel habló:

—Los he extrañado mucho…

—¡Pero si tú estabas muerto! —exclamó alguien.

—No. Sólo estaba muerto ante sus ojos. Atravesé una línea trazada por su propia ignorancia y eso me mató en el nombre de su Ley.

—Pensábamos que habías muerto —dijo su amigo Miguel—. Ningún delfín ha conseguido abandonar el arrecife y regresar sano y salvo.

—¿Estás seguro, Miguel? ¿Acaso no me ves? Abandoné el arrecife y viajé muy lejos de él, pero he regresado. Afirmaban que eso era imposible y, sin embargo, lo he logrado.

—Debe ser porque eres un ser especial. Si uno de nosotros hubiera tratado de hacerlo, sin duda habría muerto en el intento.

Daniel Delfín comprendió que, para convencerlos de que eran capaces de hacer lo que él había logrado, tenía que demostrarles que soñar era algo que todos ellos habían experimentado en algún momento de su vida, pero que habían sepultado en el fondo de su corazón.

—¿No es acaso un delfín que no persigue sus sueños un delfín prisionero de sus propios temores?

Un murmullo recorrió la manada. El ambiente comenzó a cambiar y la sorpresa inicial comenzó a disiparse.

—Pero la vida ya es suficientemente complicada así como es —dijo uno de ellos.

—¿Quién te ha dicho que hemos venido al mundo para sufrir? Sueña siempre, y no tengas miedo de soñar.

Aquella mañana, Daniel les contó a los otros delfines las aventuras que había vivido fuera de la isla. Les contó que había aprendido a seguir las señales escuchando a su corazón y que había conocido a un ser llamado hombre, que le había demostrado la bondad y el mal que existe en todo ser viviente. Pero, lo más importante, según les dijo, era que su sueño de hallar un propósito más elevado en su vida se había cumplido. Y que él era un delfín igual a los demás, con los mis-

mos temores y esperanzas, pero con una sola diferencia: nunca había renunciado a sus sueños.

—Sabes de sobra que necesitamos pescar para sobrevivir —dijo alguien.

—Todos queremos conservar la vida —contestó Daniel—; y no hay nada malo en ello, siempre y cuando recordemos que la razón de pescar es vivir una existencia plena y así poder realizar nuestros sueños y aspiraciones.

—¿Pretendes decirnos que podemos ser tan felices como tú?

—Les aseguro que pueden ser tan felices como deseen. Lo único que deben hacer es soñar, para poder saber siempre quién son en verdad. Nunca es tarde para comenzar de nuevo.

—Dinos cómo soñar de nuevo, Daniel.

—El secreto de una vida plena y feliz —dijo Daniel— consiste en aprender a distinguir entre los tesoros auténticos y los falsos. El mar que nos rodea, el sol que nos da la vida, la luna y las estrellas que brillan en el firmamento, ésos son los tesoros auténticos. Son eternos y están allí para recordarnos que el mundo está lleno de magia, que en nuestro mundo se producen infinidad de milagros, y que debemos admirar y apreciar el universo en el que vivimos para procurar que nuestros sueños se vuelvan realidad.

En cambio, comenzamos a construir un mundo de falsos tesoros. Renunciamos a nuestros sueños y aceptamos que nuestra razón de vivir es pescar tantos peces como podamos.

Así es, entonces, que dejaron de soñar. Enterraron en sus corazones los verdaderos tesoros de la vida, de la misma manera que me mataron a mí el día que abandoné el arrecife. El sueño que anidaba en sus corazones murió, y con él murieron también sus ilusiones y esperanzas. Olvidaron cómo soñar, que era el único vínculo con su verdadero yo, y, así, éste desapareció.

Luego dijo:

—¿Han visto alguna vez a un joven delfín contemplar el sol, la luna y las estrellas? Él cree que son mágicos. ¿Y saben por qué? Porque en verdad lo son. Un joven delfín aún sueña y por eso ve la magia de la vida, algo que ustedes ya no pueden ver.

Por eso es preciso soñar…

Aquella noche, los delfines del atolón finalmente volvieron a soñar. Y al soñar de nuevo, empezaron a maravillarse del mundo que los rodeaba, un mundo que siempre había existido. Y de este modo hallaron de nuevo una base sobre la cual construir una vida plena y feliz.

A la mañana siguiente, algo parecía haber cambiado en el atolón.

Parecía un día normal en la vida de los delfines, pero en su corazón un milagro se había producido. Sus ojos relucían como las estrellas en el firmamento y se veían felices.

Una nueva era de esperanza había comenzado.

Aquella tarde, el arrecife se llenó de principiantes que querían aprender a deslizarse sobre las olas y los que no querían, los contemplaban con asombro acogidos por los últimos destellos de un maravilloso crepúsculo.

Al fin habían hallado tiempo en su vida para vivir.

Habían recordado cómo soñar…

Daniel Alejandro Delfín vivió una vida larga y buena.

Viajó con frecuencia a descubrir nuevos mundos, nuevos arrecifes donde deslizarse sobre las olas, contempló el sol y las estrellas, las puestas de sol, vivió intensamente su vida, sin dejar de soñar nunca...

Hasta que un día desapareció en la vastedad de su amado mar.

Según algunos rumores, había sido devorado por una gigantesca ola, pero lo único cierto es que jamás lo volvieron a ver.

Esta vez, sin embargo, los mismos delfines que años antes lo rechazaron por haber violado la Ley aceptaron la suerte de Daniel. Éste había depositado en ellos la semilla de los sueños y sabían que algún día hallarían el medio de convertir esos sueños en realidad.

Sabían, al igual que lo había sabido Daniel, que su viaje al reino de los sueños había empezado.

# Epílogo

Miguel Benjamín Delfín decidió deslizarse sobre una última ola antes de regresar a la laguna. Tomó la primera ola que apareció. Saliendo de debajo de la pared de agua, logró cruzar la sección crítica de la ola. La ola disminuyó su ritmo, así que no tuvo otra opción que entrar de nuevo para dar tiempo a que la nueva sección de la ola se formara.

Frenó con su cola y esperó a que la cresta de la ola comenzara a caer sobre él. El agua lo envolvió suavemente y, por un instante, desapareció en el túnel de la ola.

Finalmente, aceleró la velocidad y salió de la ola saltando sobre ella.

Había sido un maravilloso día de surf y Miguel se sentía mucho más feliz ahora que había decidido tomarse el tiempo para disfrutar de lo que más amaba hacer.

Comenzó a nadar hacia la orilla, pero se detuvo por un instante para apreciar la puesta del sol.

De pronto recordó los momentos que había compartido surfeando con Daniel, hacía ya muchos años. Recordó también cómo solía pasar muchas horas admirando el impetuoso oleaje, imaginando cómo se deslizaba sobre aquellas gigantescas paredes de agua, soñando.

Finalmente, había redescubierto quién era, el verdadero Miguel Benjamín Delfín que siempre había existido en él, y esto le produjo una gran felicidad.

"Si sigues tus sueños", le había dicho Daniel en cierta ocasión, "todo es posible".

Miguel contempló el horizonte, recordando a su amigo.

"Bien", pensó Miguel. "Entonces un día te encontraré, Daniel, ¡y te enseñaré uno o dos trucos para deslizarse sobre las olas!"

Comenzó a nadar de nuevo hacia la orilla; la luna resplandecía en el cielo y las estrellas brillaban más intensamente que nunca.

Y allí, en la inmensidad del mar, Miguel Benjamín Delfín escuchó la voz por primera vez:

*Llega un momento en la vida*

*en que no hay más que hacer,*

*sino seguir tu propio camino…*